刺　点

孙　磊　作品

孟繁华　张清华/主编

刺点

学术策划与支持

北京师范大学国际写作中心
沈阳师范大学中国文化与文学研究所

山东文艺出版社

总序
70后如何续写历史

张清华　孟繁华

地质史上发生过无数的造山运动，有时十分剧烈，伴随着巨大的地震和火山爆发，释放出难以想象的破坏力，有时会导致物种的大面积灭绝——比如恐龙的消失，一说就与此类活动有关。但也有的崛起是比较平缓和渐变的，比如最晚近的喜马拉雅造山运动，其结果就是造成了青藏高原的持续隆起，但这个过程并没有产生十分严重的地质灾难。

回顾现代以来世界范围内的诗歌运动，颇有点像是这种造山的过程。有时过于激烈，对于既存的传统与秩序造成了剧烈的冲击，说"美学的地震"也不过分。现代主义初期的"达达"和"未来主义"者们，甚至还曾高呼"捣烂、砸毁一切博物馆、图书馆和学院"，声称"诅咒一切传统文化，扫荡从古罗马以来的一切文化遗产"。当初白话新诗的诞生，也曾让多少人感觉到愤怒和恐慌，章士钊斥之为"文词鄙俚，国家未灭，文字先亡"。20世纪七八十年代之交的"朦胧诗"出现之时，也引起了几代人之间激烈而持久的论争，以至于有的老诗人说，这是资产阶级的艺术向着无产阶级"扔出了决斗的白手套"。

最晚近的例子是1986年，由徐敬亚策划的"中国现代主义诗歌大展"，其中的多个流派都喊出了新一轮颠覆与崛起的狂言。诸如，"捣乱、破坏以求炸毁封闭式假开放的文化心理结构"（莽汉主义），"它所有的魅力就在于它的粗暴、肤浅和胡说八道，它所反击的是：博学和高深"（大学生诗派），"我们否定旧传统和现代'辫子军'强加给我们的一切，反对把艺术情感导向任何宗教与伦理"，我们会"与探险者、偏执狂、醉酒汉、臆想病人和现代寓言制造家共命运"（新传统主义）……

回望这些，是想给我们将要描述的一代新人——"70后"——找到他们的起点。相比前人，这确乎是温文尔雅不事张扬的一代，是心气平和甚至低声下气的一代；相比前人的张狂和粗暴、躁乱与峻急，他们属于"和平崛起"的一代，没有通过战争和暴力夺权，甚至也没有通过运动，而是几乎静悄悄地蔓延成长起来。这当然足够好，只是代价也大：他们无法不承受更久的压抑、更迟一些的登堂入室，面孔更加模糊，更加难以在理论上给出名号和说法，经典化的过程更加缓慢和漫长……甚至，他们都没有得到一个明确的标签或头衔，只是被笼统地称呼为"70后"。他们的前人是堂而皇之当仁不让地将自己唤作"第三代"——与革命时代的颂歌诗人、以"朦胧"标立反叛的"第二代"可以相提并论的"第三代"，而之后的他们，只能按照"年代共同体"的含糊其词，来给出一个语焉不详的称谓。

可见平和的方式、小心翼翼"挤进"诗歌谱系的方式，某种程度上也可能是一个悲剧。靠美学暴乱获得权力的"第三代"，不止在1986年一举成名，而且持续地塑造了1990年代的诗歌美学。迄今手握经典权力的，仍是这群由蒙面强盗转身而华丽加冕的家伙，一如其领袖级人物周伦佑的名作——《第三代诗人》中所自诩和自嘲的："一群斯文的暴徒，在词语的专政之下／孤立得太久，终于在这一年揭竿而起／……使分行排列的中国／陷入持久的混乱"——

> 这便是第三代诗人
> 自吹自擂的一代，把自己宣布为一次革命
> 自下而上的暴动；在词语的界限之内
> 砸碎旧世界，捏造出许多稀有的名词和动词
> 往自己脸上抹黑或贴金，都没有人鼓掌
> 第三代自我感觉良好，觉得自己金光很大
> 长期在江湖上，写一流的诗，读二流的书
> 玩三流的女人。作为黑道人物而扬名立万……

这是一代人的自画像，带了骄傲的自嘲和自我戏谑的姿态，把这一代的历史处境、自我意识、写作及"文学行动"的方式，都惟妙惟肖地描画出来，甚至将其集合的理由和解散的前缘，也都言近意远地暗示了出来。

与地质史上的造山运动结束之后大地依旧壮丽地存在一样，"第三代"并未终结历史，尽行毁弃诗意之美，反而是有力地深化和续接了由朦胧诗再度开辟的现代性传统。因为很显然，朦胧诗在面对历史张开自身抱负的时候，还单纯得如同一个美学上的儿童，光明洁净而未谙世事，故其诗意也是单薄的。只有到了"第三代"，才开启了一种渐次成年的、看似平庸而实则复杂的诗学。朦胧诗固然富有道义上的力量，但也有"经得住压力而经不起放逐"的缺陷，对此，当年的朱大可曾有一个绝妙的比喻——"从绞架到秋千"，言及当初的社会压力，刚好成就了朦胧诗，使这一代人获得了近乎英雄和"密谋者"的身份。北岛最初的"纵使你脚下有一千名挑战者，那就把我算作第一千零一名"，以及稍后的"在没有英雄的年代里，我只想做一个人"的转变，就是这种时代变化的微妙反映。但这还不是本雅明所说的作为文化形象的"密谋者"，直到周伦佑

的笔下,他们身上的"现代性的暧昧"似乎才得以确认。从社会学的绞架,到民间在野者的秋千,这是一个戏剧性的也非常幸运的变化,当代诗歌至此才算是回归了本位。

就这样"第三代"塑造了自己,也趁着社会历史的重大变迁建立了自己的美学功业,在1990年代写下了成熟而更加复杂的文本,并最终又在1999年的"盘峰诗会"上完成了必要的分蘖——将写作的两个基本向度,再度进行了标立。尽管"知识分子"和"民间"这两个关于立场的说法显得言过其实又言不及义,但却象征式地,给这一代张开了文化与美学的两种"极值"。至此,他们作为一个写作的代际,可谓已几近功德圆满。当代诗歌由此建立了相对成熟和复杂的意义内质,以及多向而完善的弹性诗学。

"第三代"以后,历史如何延续?这是"70后"必须回答的命题。这一代是何时登上历史舞台的?种种迹象表明,这个时间节点大约是2001年。虽然他们最早的汇聚,据说是在1998年深圳的诗歌民刊《外遇》上,但那时其影响基本上还是地域性或"圈子性"的,诗歌观念尚未形成。但2001年就不同了,他们的出现,几乎使人想起了一个久违的词:崛起。这一年的民刊突然成了"70后"一代的天下:《诗参考》《诗江湖》《诗文本》《下半身》《扬子鳄》《漆》《葵》《诗歌与人》……其中多数都是由"70后"诗人创办的,即便不是,主要的作者群也已是"70后"。这一年的他们可谓是蜂拥而至,突然占据了大片的诗歌版图。其咄咄逼人的情势,不禁令人依稀记起了1980年代曾有过的场景。

但是,与前人相比,"70后"的出现并没有以"弑兄篡位"的方式抢班夺权,而是以人多势众的"和平逼挤"显示了其存在。而且他们还相当诚实地袒露了自己得以出道的机缘,沈浩波就说,是"'盘峰论争'使一代人被吓破的胆开始恢复愈合,使一代人的视野立即变得宏阔，使一代人真正开始思考诗歌的一些更为本质的问题……""可以说，'盘峰论争'真正成就了'70后'"。① 现在看，"70后"的和平演变，或许正是因为"第三代"的内讧，居于外省的"民间派"对于在国际化和经典化过程中获益偏多的"知识分子"群体的讨伐，以及由此引起的纷争，恰好使他们得到了一个跟随其后粉墨登场的机会。

关于"70后"的"内部图景"，仍可以引用其"内部"人士的分法。朵渔将这一人群划成了四个不同的"板块"，大致是客观的——

A. 起点很高的口语诗人：他们大都受过高等教育，这是70后诗歌写作者的主流。

B. 几近天才式的诗人：他们一般没有大学背景，他们一入手就是优秀的诗篇，很本质，娘胎里带来的。这种人很少。

C. 新一代"知识分子写作者"。

D. 有"中学生诗人"背景者：对发表的重视、对官方刊物的追求，对一种虚妄的过分诗意化的东西过分看重，大多没有受过正规的高等教育。②

显然，"70后"一出道，就天然地遗传了"第三代"的格局。最后一类肯定是无足轻重的，第二类是极个别的特例；那么剩下的一、三两类，无疑分别是"民间派"和"知识分子写作"的信徒或追随者，区别已很明显，但与前人相比，在他们之间或许只是写作立场与观念的分歧，并不带有那类意气恩怨与利益纠葛。在朵渔的言谈中，我们似乎不难看出他的谨慎小心，虽然其文章的修辞有刻意的耸人听闻之处，但在事关其内部观

---

① 沈浩波：《诗歌的70后与我》，《诗江湖》创刊号，2001年。
② 朵渔：《我们为所欲为的时候到了》，《诗文本》（四），2001年。

念分野的评价上，还是看不出明显的厚此薄彼或非此即彼。

总体概括"70后"诗歌写作的特点，或许又是我们力所难逮的，因为经验上的隔阂犹如鸿沟横亘，所以我们这里只能给出一个大致的描述。首先，一个最为鲜明的特点，是写作内容与对象的日常化，审美趣味的个人与细节化——这似乎也是小说领域中这一代际的共同特点。虽然"第三代"中业已在写作中强调了日常与琐细，粗鄙与放浪，但那更多的是姿态性的文化反抗，有大量的潜意识与潜台词在其中，而对"70后"来说，这毋宁说是他们的常态、本色和本心，他们在道德与价值上所表现出的现世化、游戏化和"底线化"，并不带有强烈的反讽性质，而是一种更为真实和丰富的体认与接受。仍借用朵渔的若干"关键词"来说："背景——生在红旗下，长在物欲中；风格——雅皮士面孔，嬉皮士精神；性爱——有经历，无感受；立场——以享乐为原则，以个性为准绳……"①这些概括，大致涵盖了"70后诗学"的最重要的文化与美学特征。

其次，"70后"所涉及的另一个比较核心的范畴，便是评价不一的"下半身美学"。听起来这有点耸人听闻，但其实在巴赫金的小说理论里，在其对拉伯雷和中世纪民间文化的讨论中，早已反复提及。这种刻意粗鄙的美学，其主要的表现是语言及行为的"狂欢化"，在中世纪是借民间节日的形式打破社会的伦理禁忌，以粗鄙与戏谑的仪式，来短暂地取消权威与等级制度所带来的压抑。巴赫金用这种解释，赋予了《巨人传》中大量粗鄙场景与器官语言以合法性。固然我们不能机械搬用，借以给沈浩波等人的《下半身》及其写作策略以简单化的合法解释，但无疑，我们也不能完全道德化地去予以比对。沈浩波们所强调的"贴肉"状态，以及所谓的"消除……知识、文化、

---

① 朵渔：《我们为所欲为的时候到了》，《诗文本》（四），2001年。

传统、诗意、抒情、哲理、思考、承担、使命、大师、经典……这些属于上半身的词汇"①的说法，其实都是一种极端化和"行为化"的表达。这应了德里达所说，现代以来的艺术，常常只是"一种危机经验之中"的"文学行动"，是"对所谓'文学的末日'十分敏感的文本"。②为了显示其拯救"文学危机"的自觉性，才刻意夸大了其立场，他们试图用一种极端的修辞或者表现形式，来体现对于精神性的写作困境的反拨，或者修正。

显然，对于在诗学和美学上尚显稚嫩与含混的"70后"来说，"下半身美学"或许暂时充当了一块有力的敲门砖，误打误撞地帮助这一代挤开了一道进入谱系与历史的缝隙，但也不可避免地使某些成员背上了坏名声。稍后，它便因为先天的缺陷而被弃若敝屣了。不过，"下半身写作"的终结，却并未影响狂欢的氛围，因为历史还给了这代人另一个机遇，那就是世纪之交网络新媒体的迅速蔓延。从这一角度看，粗鄙的"下半身"或许只是个牺牲了的"替身"，"网络新美学"才是不可阻挡的新的写作现实。从根本上说，这是一次人类历史上罕见的文化变异，正如历史上每一次书写与传播介质的改变，都带来了文学的巨变一样。网络世界的巨大、自由和"拟隐身化生存"，给每一个写作者都带来了前所未有的机遇，它几乎从根本上动摇了之前的文化权力、写作秩序与制度，给写作者带来了庇护与宽容。"70后"幸运地赶上了，使他们对于个性、自由、本色和真实的追求，获得了一个足相匹配的空间。

上述都是从宏观上给出的一些解释。在最后，我们或许更应该从风格与修辞的角度，来谈一谈选定这十位诗人的理由。

---

① 沈浩波：《香臭自知——沈浩波访谈录》，《诗文本》（四），2001年。
② [法]雅克·德里达：《文学行动》，赵兴国等译，中国社会科学出版社，1998年版，第8—9页。

事实上,"70后"在写作上的丰富性,曾使我们在对其代表的选定上犹疑不决。可能最终我们更多的还是考虑了其几个大的取向,比如姜涛和胡续冬,便是作为"北大系"或者"知识分子写作"脉系的可能的后来者,但是,此二人不同但又相似的自由与机警、诙谐或洒脱,又分明标记着他们的逃离与变异,相似的只是他们作为学院中人在理论与诗学上的超强自觉与自我阐释能力;与他们略近的是孙磊,亦就职于高校,有置身书斋画室生活的底气,但写作方面则比较强调"感觉的悬浮",早期他曾偏重形而上的自述抒写,《谈话》和《演奏》诸篇,均有非常系统和哲学性的个人建构,晚近则以生活的小景与片段入诗,常刻意给读者一种渺远苍茫、无从求解的含混,一种个体存在的虚渺体验与感叹;另一位轩辕轼轲,即朵渔所说的没有大学背景的"几近天才"的诗人,最初他的出现几乎可以与1990年代初的伊沙相提并论,他的《太精彩了》《你能杀了我吗》《是××,总会××的》等诗,都以极俏皮和谐谑的语言,来"挠痒痒"式地触及当代文化心理或价值的敏感与隐秘部位,产生出奇妙的解构与反讽意味。可以说,伊沙之后真正领悟了解构主义写作秘诀的,正是轩辕轼轲。

同样没有大学背景,却写得让人过目难忘的还有江非,他简练而又准确的叙事性,将1990年代发育起来的"叙事诗学"又发挥到了极致。他有关故乡"平墩湖"的回忆,用了精细的微观修辞,克制但又恰到好处的悲悯情致,将那些卑微的生命和原始自然的风物讲述得摇曳多姿,动人心弦;没有学院背景的还有黄礼孩,他的诗歌写作同他对诗歌所做的贡献相比,或许要略逊一筹,但他刻意卑微和弱化的主体想象,对日常生活细节的精细描摹,也总能产生出言近意远的绵延,给人留下深刻印象。当然,将他列入,也确有褒奖其不遗余力且总有惊人之笔的"诗歌行动"之意。

早期作为"民间写作"的举旗者的朵渔，目下正表现出日渐成大器的迹象。在早期追求反诘和颠覆的机智之后，他晚近反而更多地体现了对于知识分子精神的传承。他的关怀现实的、追问历史的及咏怀史籍人物的系列作品，都体现出独有的犀利和到位，弦外之音居高声远。同时，他刻意跳脱琐细、间隔顿挫的修辞，也显得陌生感十足，成为"70后式修辞"的标志性模式。在修辞方式上值得一说的还有阿翔，或许先天在听力方面的缺陷，让他对这世界多了几分疑虑，所以他的语言常带有失聪者的幻感，"遇见鬼了"的狐疑，这种对世界的认知方式，先天地使他的诗带上了浓厚的无意识色彩与超现实意味，使他笔下的个体处境更具有了令人诧异的诗意。

　　需要提到的还有两位女性——巫昂和宇向，或许从诗歌成就看，"70后"之中与她们可以比肩的诗人很多，但从体现一种"代际新美学"的角度看，她们两位所体现出的陌生与新鲜却无可替代。其实，应该入选的还有尹丽川，只不过从文本数量还有眼下的状态而论，尹丽川已不再是诗歌中人，或者即便是，其作品数量也难以成册。这是个矛盾。巫昂出身学院，研究生曾就读于社科院，但自参与"下半身"群体的写作开始，她便体现出一种独有的"意义出走"的倾向，不见痕迹的俏皮，与在无意义处找见意趣的抒情天赋，都令人吃惊；宇向从未上过大学，但她一出手就显现出异样的奇崛，与近乎妖娆的机警，她不再像前辈中经典的"女性写作"那样常带有"女巫"的气质，她所显现的，乃是另一种"女妖"的属性。她的《我几乎看到滚滚尘埃》《一阵风》等作品，都几乎在读者中刮起了一股小小的旋风，其诗意的无意识深度，语言的跳脱诡异，都成为人们想象中的"70后新美学"的典范文本。

　　说了这么多，最后却还要向更多的诗人致歉——因为名额的有限，致使更多应该入选的诗人被遗漏：像微观书写中见奇迹的徐俊国，在诗学建树上贡献颇多的刘春与冷霜，在同传统书写的接洽中多有独到之处的泉子，由"下半身写作"的领衔者到"蝴蝶蜕变"的沈浩波……我们没法不对他们说抱歉。或许等这一群体还有机会展示之时，再行补充吧。总之，列入的十位诗人，只能部分地显示了这一代际的写作格局，以及大致的风格样貌，而真正的写作成就，还是靠每一位出色的诗人本身。

作为虚长年齿的研究者，我们无法不保留若干对这一年轻代际的写作的看法，比如过于相信日常性经验的意义，过于琐细的修辞，对于生命中无法回避的许多责任与担当的游戏性处置，等等。但是我们又相信，任何代际的经验、写法、美学和语言，都是结构性的存在，所谓优势亦即劣势，长处也即短处，很难貌似公允地予以区分和评判。作为读者，我们只能期待他们有更坚韧的追求，更卓越的创造。我们期待着。

2015 年 12 月 26 日于北京

目 录

辑一：事实或者高处

别处 / 003

事实或者高处 / 004

迟 / 005

北京，北京 / 006

幕间 / 008

此地 / 009

高压电 / 010

雪 / 011

雪安宁 / 013

先于 / 015

远视 / 017

汲水 / 019

越来越不可能的一致 / 020

就近 / 021

回应 / 022

衡山 / 024

衰老 / 026

立体几何 / 027

40岁 / 029

场景 / 030

它 / 032

站住，老人 / 034

路边 / 035

辑二：我往前走了几步

我往前走了几步 / 039

故乡2002 / 040

在枯河滩上 / 041

重读阿尔托 / 042

风吹我 / 043

记忆不会错失 / 044

我有点狂妄 / 045

不要试着找我 / 047

沮丧 / 048

即时 / 049

信 / 050

乌有之力 / 051

阿赫玛托娃 / 052

橱窗 / 053

永别 / 054

新居 / 055

3月29日的黄昏 / 056

醒夜 / 057

在旅馆的单人间里看一部六十年代的黑白片 / 058

辑三：灰尘从要求中落下来

路 / 061

信仰者 / 063

作为一个沉默者 / 064

2008年夏天 / 066

去向 / 068

存在之难 / 070

绝境 / 073

经血 / 075

静穆 / 077

交流 / 079

雪野 / 081

雨夜 / 083

阅读 / 084

替身 / 086

沙尘 / 088

绘画 / 090

望京 / 092

旧歌 / 094

孤岛 / 096

双子座 / 098

雨 / 100

观察者 / 102

说不上什么 / 103

荷兰夜晚 / 105

处境 / 106

他人 / 108

在路上 / 109

凋零 / 111

辑四：阻挠欲望的钝角

断语 / 115

申诉 / 128

正见：缘木求境 / 133

辑一：事实或者高处

别处

别的世界？这几乎不是真的。
望见，熄灭，谈论，
言及桌案上的 U 盘，言及它胸中
几帧黑暗，这几乎
不可能。

在屏显上说到你的渊薮
我感到温暖，煤渣悲哀。

别处有些庸俗了，
就像邻居电话中的问候，重负
顺着街灯潜泳过来，进入
我的不朽。

呵，我就是失神的诊所
神在我头顶用人的指腹按住
我的眼睛。

2011.11.24

事实或者高处

我的事实,我赤裸的兄弟,
转身,身体短路;回头,墓地的一日三餐
充斥了房间,而窗外,依然是
沿着类似细长的防波堤而涌来的驳杂傍晚。

不过,要申明一种高处的立场
往往需要使用更低的碳,
用旧人、碎屑和冰粥。

我的事实,我赤裸的兄弟
我听到你镂空的哭声,质地坚硬
以至于我真的相信了
我们彼此茫然若失的存在。

你从我耳中拎出的那片海岸,
今天,高于你的颓废,
高于酒,和酣醉逼人的冬天。

2012.6.12

迟

太迟了,早起,每天都有一次迟到。
床单很旧,打火机
落进它的黄昏。太迟了,
精子们群居,一个献给另一个
多重,成就独一。

晨光里,我的素食显得有点卑微
饥饿像戒律,无灾
却需要冬天。

太迟了,每天都有一次落下
既不能转身,也不夜,
文化东街拥有如此多辉煌的店铺,
而我,和我的诗
拥有不带走。

2011.11.18

北京，北京
　　——给 DD

恪守终极，反复的怒，孤军式的加速，
突然，雾在傍晚散去，带着暴动的密度。

带着离散之心，就像在出生地成为
客居。故乡作为刀使人越来越冷。

不冷不是汉语。今天，词的真实
就是真相，需要一种石质的真相为此地证明。

证明仍有人沿着归途拒绝国家，
沿着毁灭拒绝死。

但两条路之间，总有一两株开花的芙蓉
移步过去，异象却如同无声的细雨。

一个惯于痉挛的人，属于刀科
我始终相信那些刀尖构成的平面

才是家,才可以无畏地避难。

也许灾难真的如你所说:它来了,已经来了,还在来。

2012.6.9

幕间

幕间。护城河上眼皮一滚,
熏肉敬礼,腐烂的敬礼,
死者都站上了桥栏。
每个人荣幸地活着,每次
都后悔原谅我的信仰。
幕间。明信片在自由处散步,
字里的落叶不落,
风不反锁,死者都站在风中,
每个人都光秃秃的,每次
都有绕过夜晚的纸砸向国家。
幕间。槭树以北有一夜的慢板,
藏传红花,不霾的红花
死者都站进河里。
每个人唯一的脚下都是意外的冷

2011.4.3

此地

此地，生冷，几块废木料，
一只矿泉水瓶。密集，费解，天空呈现多义的独
　立性。
而性格中，去抒情的部分在草垛里，摧毁之力
带着浓烟。还有几分钟的夜属于国家？
远处，檀木裹挟的风声有一种异样的曲调：
但愿那不是燃烧的声音。

但是，对我而言，一切已都是
摧毁的总和[①]。

2012.4.23

[①] "对我而言，一幅画是摧毁的总和。"——毕加索

高压电

两极在彼此仇恨的两个村庄里。
一个模糊,有浆液,零下,但不结冰。
一个紧凑,龙卷风式的扭曲,溃烂时,不断有澄
　澈之音。
每天,我驻足于两者之间的铁道上。
作为一个懦弱的导体,我渴望着
火车疾速驶来。

2012.5.18

雪

末日。白有升旗般的力,
落幕与剪刀
相互削减。

但凡属于杂质的
也属于夜,
属于夜的,却
不能暗成一团疑云。
不能就此
瘦身于
审判。

但是末日。背诵它。
一个冬至式的夺目,
一种穷途

化。命运的风
以固体的名义守着大堤。
决开的,不是死

就是
一阵烟尘。

末日。纷纷地
下在路上。秩序
开始成为
一碗汤。或者
契约,意志的惯性
已经伐光。

2012.12.21

雪安宁

主人,屈从是安宁的。
落下的勇敢。
不,落下
安宁。

汉语小区中,高层错过赦免,
人们不断为自己的叠压嘶鸣。
但雪安宁。

它渡过了一个傍晚的灰烬。
主人,它在躺椅边
像新闻一样寂静。

反射。管子般的反射,
曲折的反射。他们早就害怕了,
主人,他们害怕了,尽管
反射曲折。

雪安宁。

嗜雪性使生活微微蜷曲。

主人，我知道在远处，

垂暮的人正催动着

婴儿的功率。

2012.12.12

先于

纸,先于字迹消逝
头颅,先于垃圾,
如果热血的肮脏不黑灯。

瞎,先于切齿,
杀戮,先于子弹的陶醉,
如果独酌成为裁定的一切。

实际上,恨是先于爱的,
空是先于白的,
死也先于宽恕。

但,不先于不死,
生先于上生,
而上却永远不能先于不上。

上的阵地在衣领间,
一枚扣子,解冻的胸怀,
一阵风,先于

一个立场。

2011.2.12

远视

从你的皱纹里抽出钢丝
从一个午后,游泳池颓废在
大厂的仓库边。

我仍是一个孩子,七八岁
我始终是一个孩子,
坐在浮漂上,没有水。

你弯腰,拾起齿轮,
机器很快在你手里屈服,
而我的上帝
也没因此而减少。

你的脸。
翅羽的、水晶的、不罩色的脸。
让我不得不
改用背影面对

改用少年的绽放

顺着铁槽,滑下

一瞬间,来到,你的枯萎。

2011.11.24

汲水

要取水,就得走下山谷,
那儿有一条小溪,相当宁静。
我很享受出洞汲水的沿途风景。

有一天,我坐在溪水边,
手里拿着一枚石榴,
它产自北印度,西藏高原上也有一些,
而山谷炎热潮湿,石榴
在我手中很清凉。

突然间,我死了,
就这么简单,觉得自己
好像被真空吸尘器吸起来,
半空中,看到在溪水的反光里,
石榴开花,结籽,
不断重生。

2011.12.25
注:直接取自《作为上师的妻子》一书中,对作者一个
梦的描述。

越来越不可能的一致

消逝的觉醒

圈手椅气质的阐释

无助的警句

美丑对照的平静或者葬礼

满腔权威,多盐的蜂箱

分支继承的无主之地

严肃的愤怒

丰满的苍白

2011.10.6

就近

就近找棵树，有点积雪，实施自我诡辩的力量。

就近求助于浮桥，桨声黑且甜，水流向家，自由贴着水面。

就近挨饿，贫困散发着怪异的难度，蒸汽涌来，我强行闪烁。

就近缺席于平安，两次车祸之间，有一次钢板式的忧郁。

就近抵达灼热，鲜花遍野的国家，我渴望燃烧，以赢得死国。

2012.11.8

回应

暂时。沙锤交换着

肉体的轻。屈从重力的声音,像风,

擦着火花和钻木。一根弦

将我扔出。我出来。

靠近你,我的箱体中你的怀疑。

你的犹豫中。

我暂时是阴影。

暂时。明胶熬成的苍白,

在一幅画上,一种胚芽般的虚无,

被祝福。接着炭化。

接着我出来,高碳的路

在低碳的国家中突然成为死黑。

更黑,黑出肌理,

黑得像我的烟。我暂时抽几口。

暂时。几个空位

带我出来,几张椅子慢慢地肢解,

沉没,软,流向低处。

我永远在低处。被告别呼唤着，
被庇护。求你，别赦免我，
我出来，用扑雪的心
扑向你的盘旋。

2012.5.18

衡山

茶树丛的台阶有一点散,
上午,风不浓,
仿佛我能永远活在散淡里。

新闻沿着山脊压过来,
几乎以为是乌云,
而泥石流直接埋进了我的禅修。

放下。担当。多层次的混浊,
灿烂于他人之口,之外,
溪水无言,夜无底。

活多久,才能活过
机器的兽性。何况自然
能轻易让我成为孤儿。

因此,越无常地面对山水
身上越是落满
发烫的雨滴。

至于懦弱，留给命运吧。
今天，在寺庙中，
做一个秘密的勇者。

2010.8.17

衰老

总有风吹响五楼的码头，
活在其中
我的身体仿佛真的充满海浪。
夏日，满腹疑惑的富有
在几条街外的一家小旅馆
成为沼泽。

我不介意黏稠，鱼鳃帮我安静，
鳍帮我饥饿，
而水作为无言的部分
让我不得不宠信性欲，
像宠信
突然沉默的渡轮。

多点捕捞吧，
人生只有分手，只有失去，
只有心照不宣的忘记。

2010.11.5

立体几何①

从一张纸开始,
我被折成一次离开,
一次空,是啊
见到勃起,就滚蛋。

见到时光,随波逐流的边界,
我行走在边界的边缘,
无人相信,那是
一个平面。

表层缺失,
形象毁了道路,
生死间,维度割断了
我的绳子。

我甚至可以立体起来,

---

① 麦克尤恩在小说《立体几何》中给我们描述了一个立体的空无,可以折成的空无,无表面的平面。

立体到夺目、璀璨、奢华。

成为一连串绝对的数字,

而生活,是啊

见到空间

就消失了。

40 岁

忍受松弛,像忍受

落体的心悸。

像忍受

对一无所成的无知

它是卑贱的

分享错误,公认肉欲

在一把圈手椅中

打盹,

在另一把上

怪诞、夸耀、虚伪、厌世。

2010.12.30

场景

杯子里,酒是旧的,
一杯老人,
一杯撒在棋盘上,
在对速度的消耗中,
猥琐缓冲了几秒。

一个青年暗中买走毒品,
清白被夸大了。
我继续盯着,
贩卖者无力地靠在壁纸上,
墙剥落,良心自门缝中望去,
像当街的罪。

整个夜晚的灯都浸透着雨水,
死亡就在此时发生,
一个老人,
墓碑中的小熊,鲜花
裹着方便袋,白发
裹着雪。

昏暗属于两个人的搏杀，

属于舞蹈。海军般的。

低眉杀人。

吧台上，问题

隔开了啤酒和咖啡。

我害怕

我一直都害怕。

刀是不行的，

刀也有死亡。

时间推开一个洗手间，

和一扇血腥的门。

2011.10.12

它

它就在那儿,名义上在那儿,

多次穿过自己,在一个平面上形成多个核心,

伴随着落叶,它是一种悖谬的成长,

一半蠢行,一半接受内在的智性考证,

互相反弹时,雨突然大起来,

也许,那是幻觉的历史将它显影,

也就是说,价值是一座监狱,

它的深刻性在于,两次放风之间,

一种无名的黑暗将一切事实

强行弯曲。

如果它的弯曲已深化,而记忆

也没能设定有限的速度,那么,现实

就不存在丝毫的坚实性,命运将降临在

那个贫民窟的小女孩身上,始终是那个孩子,

赤脚走向供水处,在不停的生存交换中折返,

并在傍晚倚住帐篷,等待翅膀从悲伤中

渐渐生出羽毛。它不是羽毛,

也不能带她飞入星空,但就在那儿,

看着她,它名义上

是她的夜晚。

2012.3.12

站住,老人

厅廊里,恐惧的门铃和美女
展开了弥漫

这是个丧偶般的天气。
老人带着梳子
走向雪。

走向当街的罪。

老人擦洗身体,
从中擦出良心的饥饿
擦出
面包屑里的银子

站住,老人

我喝道,声音
在彼此的反射中
密集成更碎的绝望。

路边

一截走廊。穿过它。听见没有?
醒目。不仅光。枪栓声紧跟着死亡。
年轻人。沉默。刀。口哨。
街面上有少数废纸。空中有烟尘。
命运排得很密。小心白天。
看到没有?一辆老别克车。两棵桉树。
废弃的办公楼边上杂生着多簇剑麻。
休息区。禁止夕阳驶入。

2012.5.13

辑二：我往前走了几步

我往前走了几步

我往前走了几步,
街面宽阔、冰冷,像削平的铁板。
人像火烧着,狠狠地,彼此,越来越多
淤积在偶尔的抽泣、踌躇和盲目中。

2002

故乡 2002

冬天。一个巨大国度的遗容在我手上是枝条也是镣铐。
白日正落向我充满石灰的荫沉但缠绕杂声的身体。

2002 冬

在枯河滩上

拎着一只野鸭,在河滩上,
像拎着今夜浑浊的月亮。我同意风声
也有它的辉光,断断续续,多次
涌进肺里,那是绸缎结冰的声响,
也是两盒火柴彼此擦着
分量不一的黑暗。

2002

重读阿尔托

重读阿尔托,"当我们
说生活这个词时,不应该把它
理解为外部事件所认可的生活,
而应理解为
形式所无法触及的、脆弱而骚动的
中心"。

又一次,我进入某种驰迷,
一种速度优先的崩溃。

2008.7.21

风吹我

风吹我,像吹一件破衣服。
风呵,用滴水的轻吹我,
用沙漏的慢、
绛紫的青春、青春的远。
吹动我,一根爱着的草,
疯长的绿。风吹我,
用一个夜晚吹向昨天,
用思想、煤、萝卜吹向
慵倦的时光。我绊倒在那里,
风的门槛,悲伤的树,
或者足够用来沉默的电机。
那些火热的过去,让我倒向它的沉默!
风吹我,吹碎银子的风,
今天吹碎我的孤单。

2002.3.22

记忆不会错失

多久了,
青春的频闪
给我的数次低昂定格。
度世,如度猛虎残年。
还是青春的爱来得简单,
一辆自行车
一次等待
一个单恋的人
一场灯昏声闲的
傍晚之戏。

2008.6.23

我有点狂妄

我有点狂妄,

狂妄就喜欢我这样的人,

就像纸喜欢剪子,火车喜欢铁轨。

三十三年来,一直这样。

我充分想象过那些狂妄的人,

那些积攒炉火的人,

身上永远有三立方千米的花园,

喉咙里永远有敌意,

压向一根弯曲的木头,

如果冷就压向冷,

如果孤独就压向孤独。

孤独是废纸,

他们在一堆废纸上拨弄光阴,

像拨弄成群的鲜活的鼹鼠。

他们的呼吸总含有煤烟和油墨,

他们会飞,他们跷起了脚,

但他们不飞,他们活着,一年一年地活下去。

我开始懂得目睹这样的美景

像目睹一场雪,
雪花一粒一粒地落下来。

2004

不要试着找我

不要试着找我。低沉的人。

有低于秩序的执迷。

低于线路的行程。公共汽车。

每一站都有人怀揣修辞的力量。

但坦白地讲,有些污秽是非语法的。

非人性的。良知在每一个座位中都带有热量。

都以异音的资格承担乌云。就像

我从一张报纸上礼貌地醒来。

又被撕碎。

2003

沮丧

一个女人,很虚伪,
爱我,但不许我爱她。

一个可靠的酒鬼,他是我的朋友,
他写诗,总揣着傲慢的废纸。

一个将死的医生,看到我并对我说:
"你病了,但不是健康问题。"

一个罪犯,他有趣极了,
抓住我,让我叫他"上帝"。

一个沮丧的人,今天无所事事,
他可能就是我。

2004

即时

更年轻的热量,
杯盏和暮色。
我知道那……

在硬币上我一样能哭。
道德的微薄薪水,
木制扶手椅和我两天来的……

……够级
绕夜晚一圈
重新整理仇人。

信

这人不是我,死时他才恢复了宁静。

一天三次,他到邮局,在那里他有个信箱。

五十一岁,独身,说话结巴,傍晚会不住地摇头。

越来越这样,他突然在熙熙攘攘的人群中站住,

张大嘴,长时间地,不发出声音,有时一两个小时。

时间默许了他。在济南,沙尘暴的春天里,

他持续不断地给路人带来惊异——在马路中央撒尿;

向妓女打听死亡的时刻;光着身子向人求爱;

在电车上发"不准骗人"的纸条;给放学的小学生敬礼;

嘲笑有钱人;骂警察;吃土;烧书……

就是这样一个人,狂热地写信。一天三次。给我!

2003

乌有之力

身上的罪。孤独。

一个人的狂欢。一群人的孤独。

偶尔认出的自己。今年。

我多不想成为末日。

2008.2.15

阿赫玛托娃

四分之一的希腊血统。白银的月亮。
整个世界都是异乡。
而皇村。干草上的婚姻。
明亮。静谧。有不可争议的刺眼的硫酸铜的颜色。
铜的折磨人的声响。野狗之家。
"我们全都是酒鬼和荡妇。"
玫瑰红的披巾。大部分时间紧靠壁炉。桌上。
一杯咖啡。不加奶。悲哀。
它与卑劣相互排斥。
那些不稳定的窒息。铃鼓的击打。
暗下来。
硝烟和翻耕过的肉身田野。高傲。
呵,美多么可怕。
"既然不能给我爱情与和睦,
那就赐予我苦涩的名声"。

2006.12.5

橱窗

我慢慢地在街上走。
我停下来。
我掏出烟点上它。
我盯着橱窗里的丝绸。
我敲了敲玻璃，它轻轻地响了两下。
我指着丝绸上燃烧的色彩。
我仿佛仍是热恋中的孩子。
我知道那些灿烂的街道上有爱人的呼吸。
我感觉到颤动……隔了一会儿，
我渐渐平静。
慢慢地我又向另一个橱窗走去。

2002.3.11

永别

铁路沿着一个多石的山冈蜿蜒,
向西。有一条橘色的河流叫矮日河。
铁轨像它的粼光一样波动,
向西,我看到铁路桥下的矮日河突然
抽搐了一下。是的,
那是我爱的人坐的车厢一瞬间
经过了它。

2002.7.2

新居

一间臃肿的屋子,
我若不生活,
它就不明亮。
我怔怔地望着它,
是否,我该向它的空腹
乞讨?"这一切,
确实让我颓丧。"
有片刻的晕眩。

2002.7.12

3月29日的黄昏

读一会儿塞拉,抽烟,在沙发上
小睡。黄昏时,我醒了。
梦中的玛祖卡仍是活着的泉水,
它一定怜悯我的饥渴,让我
从中读出一个人的流浪。
呵。我爱的人。
上帝保佑今日黄昏中的旅人,
保佑他眼中的漆黑、手上的静寂,
以及血液里他的冷漠我的青春。

2002.3.22

醒夜

远处没有深睡的人。没人驱使。
我能看到落寞的街衢、店铺,
有时是孤立的站牌。我认识它
我爱的人在那里出发、逃亡。
听到长途车的呼啸声,我不得不
屏住呼吸。是啊,
有时是漆黑的风突然让我觉得温暖。

2002.3.11

在旅馆的单人间里看一部六十年代的黑白片

傲慢的岸,我的眼睑。
是我忍着所有流水的时日。
在不可缓解的细节中,我看到
男主角的勇气越来越疲惫。
就像我的爱在一杯纯酒中越来越浑浊。
对于你和对于这样的影片,
我是永远过时的异端。

2002.6.21

辑三：灰尘从要求中落下来

路

路是被压平的。

路将死于平。
路的死路人皆知。

路不断,意味着路边
仍有需要刈断的草木,
异端的草木,
只有压路机赢得胜利。

只有胜利是虚无的。

只有虚无掌握着路的一切。

路此时突然软弱,
没什么说的。路需要一次次翻修,
是因为路的虚无总砸向
贪婪的人。

总让无路的人

无以面对自由和

天涯。

2009.5

信仰者

安杰洛·朱塞佩·龙卡利,一个基督徒。

罗马教皇约翰二十三世。放下一切。

承受众人清晰、相同的压力。牺牲。

变得温柔而谦卑并不等于变得虚弱而懒散。

反驳?我用什么来反驳真相?

不被狂热所歪曲。即使是信仰的狂热。

天真的狂热永远是有害的。

我始终受到精神贫困的保护。所以一直享有渴望。

所以,每一天都宜于诞生,每一天都宜于死亡。

(摘自龙卡利日记)2008.1.2

作为一个沉默者

作为一个幸运者,
我似乎应该向不幸者发言,
以示特权。

作为一个富人,
我似乎应该向赤贫的人发言,
以示阶层。

作为一个高官,
我似乎应该向平民发言,
以示霸气。

作为一个智者,
我似乎应该向太多弱智的人发言,
以示高贵。

但作为生者,
我是否应该向死者发言?
尤其是他们的沉默

不断地洗刷着我的污渍。

实际上，我是一个平常的平民，
一个赤贫的人，
一个不幸者，
一个难以想象的弱智。

眼睁睁地看着自己
在特权、阶层、霸气和高贵面前，
低首，继而落魄。

而作为一个沉默者，
我似乎应该向所有的发言者发言，
以示沉默。

2008.7.4

2008 年夏天

被左右的人
也被遗弃。

夏天，没有一种遗弃是合理的。

滚烫的恨。灾难。儿童死在读书中。
爱也跟着荒凉的政治失控。

没有人相信那明晃晃的敌意。
人们总在权力的敌意中成长。

被自杀。
被逼成嗜血者。

被娱乐得像一堆球场上的碎纸。

夏天，没有一次风是凉爽的。
全部的信息灼热且凶狠，

全部的冰

在信赖的人身上冻结。

2008.7.23

去向

出门。夏天。
迎面是团结中的热浪。

它经常被引申为一种观察,
不远处,它盯着几乎所有的人。
它所排斥的雨软塌塌的,
半空中就灭了。

而雨在傍晚实际上是一种蛮力,
剥夺使主要的街道
斜向更低处。

夏天去散步
是去等一次爱。去违背。
去歪曲这一生。

至少,也是去认领一叶之荫,
小心翼翼地沿着树影回家,
沿着多次失明的路。

几块石头形成的阻力
让我由衷地感激。

它们懒散地列在那儿,
它们的寂静。
迫使我的尊严凉下来。

迫使我要求自己,
每天必须全神贯注地颓废一次。
让一些体温滑出肉欲,一些罪
现出金属的质地,
现出锐角,
它在说服了一部分恨以后,
高声呼叫自己饿了。

2007.6.10

存在之难

那是不容分说的勇敢,
愚蠢的僻静,是一张纸
迎向它的供词。迎着
笔的尖利。
和呼吸中上涨的河。

始终有一个力在暗处。
雾不重。它就要求更多的迷惘。
它需要沿岸。需要罪。
需要更多的生活,从具体的出发点,
释放出喋血斑斓的另一面。

在望京。时光被反锁在
众人的肺里。显然它有很多哮喘的灯,
很多卡槽。而且
在与迷途长久的对立中
它有额外的痉挛。

生活就是从这里

释放出镁。它看上去多像

一个单数世界的闪耀。

孤立因此也近似一种权力,

猛烈。暧昧。疯。

而就素食而言。

我所在的崩溃,

还不能克服瞬间的傍晚。

我所努力劝阻的消费

仍是固执的、薄雾的、反刍的。

今天。我决定去散步。

它常常提供壁垒、缝隙、隐身衣……

它让我以一个旁观者的身份

"高声写作"。 虽然

我只同意其中的减法。

在的。无名的在。

求的。无所求的欲念。

一直用推论将我推向一面镜子,

推向它的深处,

更激进,

并带着更多的拒绝。

2007.2.2

绝境

一只灯泡,在我手上。
像梨汁,在盛夏的腐烂气息里。
橘黄色的窒息,不断地在往泥里渗。
我显得疲倦。
我的疲倦,我一直攥着。
不去刺激它,也不给它
更多的理智。

实际上,我很容易去死,容易得
像转身钻进树丛。

每次我想象有一片海在眼前的时候,
要么它真的就在,要么它是一片漆黑。
海在远处拉琴。
我全副的信心让海更舒展。那些缓坡的跌宕,
那些生命跟不上的蓝,将事实上的冬天
推迟得更远。

我暂时不说话,在对面的街上,

它是永远。

它要始终面对一种暴力,面对低,面对向上的搏斗,表达向下的敬意。

2007.3.4

经血

活的水,活在身上。
活在脸颊、颧骨、耳根上。

活在嘴里,嘴唇咬得更紧。
活得傲慢,戴着镣铐。

深奥的眼影中,活得刚愎、坚定、满腹经纶。

世界如此明亮地闪耀着。
而活下去显得不够。活的水,
就活在这种不够里。
忍受着消费的黑、思想的婚变、国家的魔牙……

活的水,一头悲观的野兽。
活在记忆的饥饿中。

活在顺从里,忍受着多重的唾骂,
忍受着暗影的高速殷勤。

活的水,实际上是一次纠结,
一次点燃,一次对命运
新的驳斥。

2007.3.18

静穆

静穆与虚空的神话在"不健康的"时代是有益可行的。

——苏珊·桑塔格

咖啡馆是必然的颓唐,
背景弦乐、沙发、杂志、烟……
空调冻住光阴。
记忆唤起他人的密语。

在这里,爱几乎是一种蛮劲,
和而不悲的夏天,
清晰得让人怀疑。

炎热从各种音效中空放,
任耳枯的人呆坐街边,
迎着繁华
暗自萧瑟。

处世若大梦,①

---

① 李白诗句。

意味着

每刻都可能会出现绝对的虚无。①

而咖啡馆允许"离众绝致",②

允许雨下得轻盈

下得如同

惭愧的人不断落泪。

2008.6.25

---

① 出自约翰·凯奇。
② 出自陆士衡《文赋》。

交流

一种绝望,它紧盯着树冠,
它瘦、黑、尖锐,
早些时候它缓慢,后来
它疾驰。

它告诉你向晚,
而不是年迈,不是万吨巨轮
在河的上游喘息,
不是你合上书说:"孤独。"
它就灭了。

它仍是暧昧的,
昏庸的,
夜垂到胸里,
死远没有那么静。

它会指给你看那些星辰,
那些碎瓷,碎向一些事实,
一些适时的照耀,

一夜没有更多,
也不更少。

那一直被准确辨认的灰,先是头发,
继而手脚,腿,胳膊,身体。五官等了很久。
内脏沉淀出沙子,那是些未被取走的消费,
明明灭灭的雷。

让我告诉你。
一个滑步,
叶子在枝头继续上涨,
无尽直接落下。

2007.9.10

雪野

突然的湖,让我疾驰进你的美貌。
不容斥责的冬天又一次剥夺了我的暧昧。

不容一种模糊的语义在雪里,
不容它亵渎树木习惯的忠诚。

必须学会赞美。从冬日阳光猛烈的下午
到凛冽中积极转温的傍晚。

我相信从马鞍山的角度眺望,
会一度产生幻觉:

山体有着利刃般的反光,
而巍峨沉到水里,如同一片玻璃。

因此,我的无声甚于理解
我的空,戏剧性地盲从。

实际上,我来不及搏斗,

齐长城就瞬间使我变得昏暗,

面对雪野,
我很容易陷入短暂的事物。

陷入一种热的修辞,
在更多的冷的风骨里。

2008.1.6

雨夜

取决于意志,呼告。
每夜陷入软弱,每夜转移对奇迹的注意,
每夜,雨可以大起来,
也可以像统治一样无声。

两个乍看起来对立的、相互排斥的人,
依偎在一起,这是否证明了自由的昏聩?
还是一种尖锐从两人身上同时
指向道德?

指向稠密的雨。夏天,
它追求过的轰鸣死在不远处的站台上,
它从班车上下来,
把虚无变成永恒的必然。

2008.9.9

阅读

通过翻阅，一本书潜入我，

一本残酷的书，百无聊赖地参与飓风，

谋取逆光，谋取

耸立的性欲、高于藐视的退守以及

不纯的远景。

通过吞噬，我被一本书

隔离到夜晚。重影稠密，

需要时常警惕身体的舞台陷于其中，

陷于一场深刻的无望，

或者故事沿着无望，

驱使出更多的魔鬼。

无疑，我的恩宠与孤立

在碎石间

像书中的节点，

正为决裂的河流

让路。

2008

替身

替我醒来,死夜像雪一样白。
替我说话,替一个垂暮的人或者婴儿,
但不替熟人,他们每个心中都有
一棵无根的树。替我呼吸,叶子幽咽,
替我站在黑暗的一边。

替我工作,埋头挖出崩溃的磷,
替我相信那是灵敏的肉欲,
女人永远是最晃眼的,也最决绝。
替我爱,如果没有回应,替我憋着,
替我憋住这些仅存的热。

替我挣扎,接受我的颤抖,替我冷,
荒凉的社会,替我把冰结在那里。
替我腐烂,在冬天比夏日更迅速、更狠,
我身上的罪恶泥泞,替我用刮刀
绞成黏稠的黄昏即景。

替我沉默,把声音关在秉性倔强的牢里,

海不起一丝浪,替我满心澄澈,无言
是我的孤独在纸边,像火苗。
最后,替我死,朴素的。啊不!怎能呵,
替我死就是替我自由。

2007

沙尘

学长途奔袭，学扑面，学涌
学路灯在氤氲中吐字，像谎言。
披羽衣，披突变的黄昏，
今天你来，把它变成
昏暗、繁乱的一天。

第一次，我愿意走进你的胸腔，
悲伤的强力沙沙有声，
遗弃来自北方，土松了，意志
有些失声。这时，誓言沉默
粉尘将别处推到眼前。

我累了，安魂曲有些羞怯，
夜晚只是部分的解释，路灯下
街道变得更黑，
风显得孤单，但
那是你生存的全部事实。

该有一种埋没给我天涯了，

该有一次死毫不动摇。
在那儿,我的地,
今天你来,把它变成
质地硬凉、细碎的远方。

2007

绘画

向前迈一步,无墨的春天,
风吹斜了一排杨树,一两滴水渍,
像泥鳅,在空纸上骤然蹿出。
又开始疼了,微贱的心,
薄冥的嫩芽。

把一些疼移到纸上,移进平林,
因润而溢出的不是雾霭,
不是雨,而是夜宿的人民币。
它被我一再吵醒,
被别人一再地炒作、夸耀。

我的血最先感到黑,
涟漪漾过皮囊,紧抽了一下。
怎么说老就老了呢,
白粉用得越多,
墨就越香。

虚两座远山,我就彻底轻了。

实笔画不实的画，皱出的北京
在眼眶里打转，
没人相信那是些绝望的石块儿，
浮在尊严与耻辱之间。

2007

望京

望出去,冬天的一件单衣,
斜穿在身上,款步,甩开忧郁,
进入更亲切的迷途。
在此地,我从不辨别方向,
眼里是颠扑不灭的一簇新火。

一扇呼吸的门,如今散了。
我必须设法分身,
岔路形成的压力,变成旋风,
有一种气宇在里面酝酿,
有颓废的灯迎向热泪的夜幕。

雪集中在尖锐的月份,
它差不多备齐了我命运的礼物,
从四元桥下来,不多远
一个陌生人在瑟瑟发抖,但冷
永远在我身上。

并让我的生活

看上去像是积极的、血肉的。
浓烈的雪把场景安排得这么精细,
以至于一处空间挑选了我,
我却是空的。

2007

旧歌

那首歌，在桌子一端，
在我身边，坐下。
允许我扶住它，它长发散落，
之间有灰色的天空，
落地窗的帘子并不严。

洗漱。鄙视早餐。春天
在岸边说话，有力的词，
软弱的强调。那是我从敌视中
留下来的耳朵，
像留在身体里的弹片。

那首歌，笃信整日整夜的户外生活，
世界充满幻境，女人充满桃汁。
那首歌是一本永远封不严的书，
永远封着，切口新鲜，碰到探照灯
它总偏向阴暗的一面。

几个小时里，我干净地坐着

等着夜幕降临。来自
那首歌的雾是凉爽的,
况且这是四月,我确信
记忆也增强了威力。

2007

孤岛

接受人,不接受人群,

接受水,不接受海水,

我每天死去一些,每天的异端,

钉在那儿,每天的孤单、隐秘,

每天更加锋利。

我有理由反身,一瞬间

修复键改变了生活的路径。

景物换了,人变得可疑,多层的晦暗

在身边犹如波浪,而斗争

有时是阐释,有时是沉默。

城市的岛总有残力可以吮吸,

一口气的工夫就焕发了另一种精神,

风满满的,在胸口,不吹,

周围安静得出奇,大白天

欲望缩得很紧,在人人皆是暴徒的时代。

人人都不接受彼此,

身上的热，不接受身上的冷，
身边的爱，不接受身边的恨，
声辩是徒劳的，迟早，
我会拆掉自己所有的岸。

2007

双子座

我始终恐惧。两个人在我身上,
两种颜色,今天有些刺眼,
昨天,还在黑暗的海底。
我始终背对着那样的黑暗,
每天被吞进生活,每天交换
身份或者良心,危险薄得一哈气
我的锐角就能翻卷。
我居住的这个空间,每一刻
都有生人,新鲜的嗓音,疑虑
不安的安,蓝火焰里的性,
接近崩溃,有时只是沉沦。
我不明白为什么如此明亮的一切
也让我不由自主地绝望。
两辆车不由自主地从两个方向,
驶入我,瞬间又驶出。
灌木向后倒下去,我向前。
有一种速度始终让我惊悸,
傍晚,它在一张躺椅上一动不动,
连呼吸都没有。

灯火在我周围展开，

不止一次我落下泪水，

该感谢谁？日日夜夜，信风

吹老了树木，它的命运和我的一样

在一块焦炭上，一些煤渣中间，

杂草总不放弃醒在我身边。

我开始穿衣服，两个人，

两套装束，一种异己的要求，

灰尘从要求中落下来

不出声地落向我的寂静。

2007

雨

卧室很冷。
床单整洁、刺目
仿佛结冰的湖面。
窗棂上,雾气难以吹化。
此时,不眠的人不轻。
梦中不折返的道路,
不必牢记。

风越来越大
一把接一把的锋刃,
一块接一块的硬木和坚冰,
他们负责收留穷人。

车辆负责死。
沉默的人负责惊恐。

这样,
一整天都得小心钟表,
小心字典里摸黑的词语。

有时，是少数标点

像沙滩上海星的尸体。

海水把它们拖上来，

形成生活中主要的美景。

寂静来得非常晚。

无压力的震动，

使傲慢的人在暮色中几乎看不见。

要知道，

两场雨之间，

总要有一段混血的阳光。

2003

观察者

在文化路上度过的十年,抽烟,酗酒,
有足够的悲哀谈论未来。吃食堂,
一菜一汤,一份不安的人格表,填写中打盹,
几乎不画画,但团纸,做底色,或试着
哭。如果有一阵道德的恐慌,
就用遇见的第一个词去阻挡。
而写作的责任,是把一个场景当作
发电机。热力快而干净。比如一个冬天,
一个从冰刀上滑翔的傍晚,
从啤酒杯、果冻和两条河流的翻滚中
秘密闪出的音乐,强大的气流,
双倍晕眩。但诗歌!
进来:豹子和一知半解的寂静!

2003

说不上什么

一块石头,在雨中
软了下来。
一些衣物,一些冷
一些变松的、年老的额。
说不上什么分担,
这么多年,在额上
阳光说不上密集。
雪说不上荣耀。
爱抽芽,开花,也说不上曲折。
爱当然有些阴影,说不上清晰,
但能够辨认。
呵,那团雾。余波。
活跃着连绵的紫藤色。

我想说我接下来看见的,
低压的一年,
黑沉沉的街道,冬天,
停车场,过敏的密码号,
钳子、药片以及

衰弱、冷僻的交通图，
说不上破碎，在雨中
说不上摇晃。我信任、呼唤它们，
被它们听见，日子一滴接一滴地落，
说不上晶莹，说不上颤抖。

一个曾让我耻辱的人把另一场雨
下到我身上，说不上疼。

在额上，这么多年了
我只得到噪音。
十月，不能呼啸而过，
不能将这场雨像从泥巴中
抠石头一样，从眼里狠狠地
拔出来。

2003

荷兰夜晚

冬天的实际重量,来自
那些河流,艾叶河和阿姆斯特河上
那些红色的灯盏。

我醒着,走到窗前,
夜如纸浆、黏稠、盘曲。
这是我的晚上。两座发黑的桥梁,
彼此不认识,相互推得更远。

闪响的质询,
使我的异国可以牢记。
尼德兰,被孤独拉紧的
浑浊的月亮。

再站几分钟,咖啡就凉了。
倒进喉咙,寒意立刻奔向体内那条
绝缘的不安的根。

2003

处境

谈到自己,我无言。
无人感谢,腌制的形象。

300度镜片的视力,
含釉的玻璃。热泪涌出时,
有赤白的反光,
有一些景色突然被失去。
那是曾经的沉沦,
在他人眼里数次看到。

一种冲力,像推门的手,
在力量中几乎是冰凉的。

树影忠实,不当众揭开记忆的面纱,
耻辱写在脸上,写在
牙齿、唾液和喉咙中间。
它不直接恨你,不浑然说出
一夜的落叶。
低沉、慢、远,你知道,

整整一天我都在做准备，
微微渗汗，不哭。

除非那些叶子被丢在讲述之外，
腐烂。倔强。劈啪作响。

2003

他人

经过割舍。我几乎建立了接受的勇气。
传记开始低缓。细沙散落。

寒冷也不再是空的。在海上。
一次便于直面的潮汐来得越快,死就催得越紧。

在没有旁观者的生活中。总有些事物的密度
超过恐惧。超过仍去强求的一份欢颜。

一部分注视因此渐渐暗了。另一部分,
转移成任性而疲倦的霉。

2003

在路上

——给 MH

在路上知道轮子，

我知道。

一个下午，我知道

水流加速，多舌，

一块浓荫在河中，我知道是我，

更是马骅。

黄昏逐个降临。

做一个木匠，我愿意生活在深山，

一所校舍里偏凉的一间。

有些酒量，与人共饮，

就像当年在北大小门外的酒馆里一样，

我们剪刀石头布，

蒋浩、冷霜、你、我，

这几年，一直这样，

我的石头，你的青春。

我知道不是游戏，

是十几个孩子用汉语在喊你，

十几根木头在我怀里

取暖、成型、哭泣……

2006

凋零

悲观至极地，
却凸显出一种融化。

无望的树，
奔向它们的风。

奔向不羁、惨烈、卓绝。

世界一如既往地宠爱投机者，
世界盛开的时候，
有人
雍容至死。

2003

辑四：阻挠欲望的钝角

断语

1

冗长的沉思,使叶子渗出了汁水。

2

十年中,我一直在浮动。
一块石头风化着,
一些镜子内心凋敝。

3

我的片断在另一人的册页中,
另一种灰暗躲闪不及。

4

沉默也是一种迸溅。

5

一个人死去的消息是我语言中的积水。

6

我在黑暗里收拾餐具,习惯了
那条饥饿的走廊。

7

流火在一生中形成的事实,让我
忍不住信仰它。

8

推开窗子就推开了一阵轻雷,
我震慑于如此的足音。

9

葡萄藤中的二月在颤抖,
一个贫困的人卷起他体内的帘子。

10

1997年——阻挠欲望的钝角。
孤单、细弱、呆钝。

11

进入十二月,冷漠更加结实。

12

焦灼的时代,

凡是宁静的一切都是象征。

13

断木始终散发着沤烂的消息。

14

声音和失明一齐到来。

15

瓶子比我更悲伤。

16

一个句式,带着水

让我感到漂浮;另一个句式

用火柴擦着我的胸腔。

17

一阵风吹黑了说话的石头。

18

在南方,榨汁机一整个夏天忙碌着,

没人能逃过它。

19

雪是可以融化的,

但字迹不能。

20

谁站在我的牌中,使我的河流突然有了阴影。

21

剥开那个苹果,我看到一个腐烂的院子。

22

骨头和樱花——"夜静春山空。"

23

我把你的话说完,那支曲子还没结束,

那山冈的碎银花都灭了。

24

我用暴力穿过一个人,另一个人的光就射穿了我。

25

周末,我喝甜酒,说脏话,看见
别人的身体里都敞着一扇敌人的门。

26

流星在琴箱里:夜晚是染黑的丝绸。

27

我在月光下削竹节,它分三次将我切碎。

28

一列特快火车将一路的车站运往大海。

29

一个人追赶的曲子,使我的言辞
像琴弦一样紧绷着。

30

赤脚劳动。
明亮推迟了整整一个上午。

31

擦鞋匠活在众人的脚步里。

32

春天降临了,我跟一个老人学习散步。

33

灌溉,多么幸福。

34

一杯浓茶,一个硬币,一只蝴蝶,

或者一生。

35

世界是烧水的响壶,

黄金在沸点上打滚。

36

写作中不时有一辆卡车压过,

车辙带来一夜的暴风雪。

37

持续地挖掘,使一个人丧失了激情。

38

江水正向着一棵树哭泣。

39

谁在街上拾破烂拣出一枚钉子,

把它钉在广场的喷泉里。

40

刮胡子。一个人迅速年轻。

一些事实迅速虚假。

41

我热爱铜镜,它充满了草药浓郁的馨音。

42

头巾上的灰尘是牧羊者内心的灰尘。

43

拧干一根头发,我陷入风的吹拂。

44

一条河流卡在了嗓子里。

45

碰上陨石,我感到阴凉。

46

火焰来自女人的腹股。

47

晚宴中只有一个客人,他的手滑过宴席
舞会,鸡尾酒和假面具,
落在失眠的锁眼上。

48

一座花园牵着我走入凋零,那里的每一个人
都正克制着绽放。

49

花瓣突然哭了,她只爱了六天。

50

寂静,草根恢复了睡眠。

51

我多次写到"树汁",多次在含水的风里
转身。是听从一次激情还是
返回内心的冷清?

52

潮汐,让礁石觉察到功勋。

53

旧时代在一团水汽里凝结。

54

今天,我还未曾准备,献身的时刻就已到来。

55

我不是一个渔人,但常去一个渔人的房间

在他晚年的柔软里挑拣鱼骨。

56

一场雪,六天里,它下了七次。

57

一些人在饥饿中做游戏,

另一些人在游戏里挨饿。

58

储存言辞的仓库是由哑巴看守的。

59

轮子。墨守成规的诗句。

它的沉默一定是遇到了火焰。

60

秘密的北斗,我踩了七次,

也没踩熄它。

61

一刻钟,刚好换衣服的时间,

我摸黑换掉了肉体和思想。

62

一条鞭子,短得像一次爱情。

63

闪电,多么明亮的一个词。

64

事物都在转移,

果实从花朵里转移出来;

种子从果实里转移出来;

人从死亡中转移出来。

65

当四壁苍白,

请为一枚图钉硬咽。

66

查字典,笔画挤尽了一个字的水分。

67

宣纸总用秃笔来形容我。

68

静听潮水。汹涌。一个守夜人

坐在烛火里,静听波涛。

一个贫血的守夜人,热血澎湃。

69

谁是胜利者?城池中

一个卖花女郎年年卖着血雨腥风。

70

快餐在中国是一次余暇。

71

唯美主义者在啤酒摊上

等待新的春天和戏剧。

72

火把和花园。

是探望一个垂暮人的礼物。

73

沉沦的一半也是轰响的一半。

我相信那越接近声音的地方。

越有着死亡的力量。

74

少女的小腹是一个星空。

75

巨大的荒凉有时来自书籍。

一本空旷的书会使一个人

一天之内回到无知。

76

颓败的池塘，洁净的池水，

吸引着我留恋每一个时代的黄昏。

77

咒语带来一阵轻微的晃动。

78

根和茎共同抵御着欲望。

79

我正是一个没货的人，因而
这收集回声的一年过于完整。

1997 春修正

申诉

"废弃物是所有生产中最羞于被提及、最黑暗的秘密。"

"废弃物是崇高的,它独特地混合了魅力和厌恶,同时激起了独特的敬畏与恐惧。"

黑到恼火。

软弱到安全。

加深恐惧也许就是让生活更深入。

福利致力于对抗和中和社会对个人和集体生存造成的危险。致力于可能的不可能。

恢复对救赎的垄断。

难民就是噩耗的预言者。

有时候绝望来自于不能理解的力量，某种巨大、深邃或者寒冷。你总会觉得你将被遗弃、被甩开，甚至你越来越不懂得它是如何缠绕、撞击、吞噬你的，你只能知道或者了解到它比你的身体更热血，容易丧失理智。

是否有一种真正意义上的诗歌秩序，是否某种诗歌秩序是保障我们在精神上可以持续延伸持续强大的因素。

诗歌从来没有阻挡过一辆坦克，是否意味着它正是无数废弃物当中的一种。

面对这样无理的世界，这样无法控制的、肆无忌惮的全球化进程，我有着不可理喻的深深的绝望。

重申坏损、衰弱的权威，实际上是在重申一种恐惧。诗人的傲慢正是建立在这样的基础上：他立刻能认出每一个真实有效的人身上所具有的不可推脱的恐惧，所以，诗人有理由更傲慢。因为，诗人永远有一种反驳在恐惧中，永远有一种拒斥在权威中。诗人天生具有处理不可碰触事物的才能和勇气。

今天，我们的生活是一条把自己尾巴当作食物的蛇。这种美餐的前景让我更沉默。

如果那种诗意的申诉是一种无力，那么对于一个诗人，那种无理也是必需的。

我身上有一些人的同情和另一些人的憎恨。

那些异口同声的愤怒，它们呼唤鲜血。

"一个永生的人能成为所有的人。"（博尔赫斯）

流动的现代性文明是一个有着过度、剩余、废弃物以及废弃物处理的文明。

如果诗歌要保持它在这样一个充满商业、消费、竞争的世界上的欲望，那它就必须走一条干涉的道路。

诗歌总给语言以特权。

"我们的世界是由速度所标志的：历史变化的速度，传播的速度，甚至还有人与人建立联系的速度。"诗人一直在片断里享有这种速度,并时常将这种速度定格或者放慢,让它在读者内心形成一个可以回旋的空间。

"哲学的思维是悠闲的,因为今天的叛逆史要求悠闲。"(阿兰·巴丢)

被翻动了的生活。

数学的虚无。

福柯的启蒙:质疑的力量。
在质疑中形成更大的冲力,诗歌会有与以往所有历史中的尊严不同的一种要求来建立新的伸展方式,也许这种方式是一种紧贴诗歌的文字言说方式,它既有冷静的哲思,也有热烈的呐喊,它既带有清晰的理论化倾向,也带有闲适的散文随笔化倾向。它既是迅捷的,又是缓慢的。当然最重要的是它一定是关乎生命本身的诗性的。诗意的生存在今天的意义更重要。

多元的平庸。

在狭窄的空白里写作。语言是自由的最后一个庇护所。

2007

正见：缘木求境

1

深厚的历史语境中，生命的无常是我们的根基，如何正视它广饶的空阔、磅礴的力量正是我们今天如何活在当下的内在动因。

2

正见所标识的一切正是我们赖以生存的一切。

3

领悟者是否安于领悟？就像一片玻璃是否安于它的榫卯？

4

我们该怎样谈论正确的知见？谈论更多的房子，更多的草地，更多的人生？以及更少的惯性？若能解知世间因果，就相当于解知我们卓绝的定力。那么，还有什么失去不值得？还有什么强大不渺小？还有什么智慧不虚空？

5

般若。沙漏中我们仍不能清晰地流逝。

6

来自古老地区的人，很难逃避历史及责任。记忆有时候是冷酷绝情的，记忆构成的历史正是冲突与战争的历史，我们的责任是以尽可能忘记的方式去记录它，并给予更多的生者以更深的警示。这意味着我们必有一个毁灭的结果，只是，这种毁灭总被我们以如此温情的方式展现出来。有时候，这种温情更残酷。

7

缘木求境，实际上是沿着一些活生生的木梁去寻找我们赖以慰藉的幻影。木梁所撑起的不仅仅是一个个家庭史，不仅仅是瞬间的生活，它预示着比我们看到的更多的人生，尤其是他人的生存，真相总告诉你，他人绝不是地狱，地狱来自盲从中的抵御，地狱来自绝对的个人，事实上，这对一种以群居为特征的物种来说，几乎是不可能的。所以家族史意味着家庭成员之间的血缘关系，家族与家族的历史意味着他人与他人之间的血缘关系，而家族与草坪的历史意味着人与自然的关系，家族与工业产品之间的关系意味着人与生活的关系。所有这些关系构成的才是历史，在旁观者眼中它立刻又成为泡沫，成为伪现象，成为某些记忆在权威中升起的形态，因此，无论怎样，它都是悲剧性的。

8

中国人理念中的家国观如此深厚。我们可以尝试着将它向视觉的方向引申，这样获得的正是一堆房梁。

9

"正见、正定、正行，通达正果的必经之路。"

10

从某个方面看，我们一直努力维持着缩水的人生，所以有时候"童年意味着这一切"。有意让一种童年的形式成为可能，表明有意向我们的人生索取愉悦，有意置换一种造型，以展开我们的对"童年"的想象。甚至，有意用一个虚像来阐释人生恰恰就是用一种快乐来描述痛苦。难道我们真的无法看到其中的挣扎？还是我们也有意回避？也许，这仅仅是一次向"童年"礼貌的致意。

11

缘木何以求。求鱼得浪游人生,求境得无言以对。

12

若真的无言也倒罢了,但总有些踌躇,有些徜徉无法释怀,也许,我们总在所要求的境界边缘徘徊而不能获取,其实,一生无法超越的正是这种徘徊。

13

但突然的影像仿佛传说中的急雨,噼里啪啦地下在记忆的局部地区,那些有些灰暗、晦涩的地区,常常给我们新的明亮。

14

工业化的明亮。数字化的明亮。是否比手工的明亮更伟大呢?正见使你学会审视一切伟大的东西,它们一定和你一样像晚来的沙尘,让一世的黄昏永远在你的不断雕琢中成为可刺穿的独白。

15

阅读从叙事的草开始,我们会看到被切割的时间、事件和观点,看到平衡中不平衡的生长,继而颓唐、衰败。我们的叙事方式就是这样在衰败中成长，一节一节的，好像自行存在的、独立的、外在于触摸的烟尘。

16
仍可以这样谈到它的叙事。只见有一些屏幕，闪烁着，隐藏着故事的本性，仅仅拍摄本身就已经建立起独具深度的谜；有时候一个角色会突然走出来，你会在他身上看到自己，从一片晃眼的光亮中看到黑暗的核；什么事也没发生，你看到的并不比你看不到的更多，如果用外部视觉化的效果来说话，一切都在体积中，即使像屏幕这样小的体积，一切都发生在屏幕中，屏幕之外，是一件庞大的叫作《正见：缘木求境》的作品在审视每一个经过它的人。

17
用虚构修缮虚构。

18
当代艺术的骨架来自我们古老的血脉。它不是传统与当下的一座桥梁，它也不是从激情与暴力中伸展出的"恶之花"，它甚至不是你看到并想起的什么东西，它也绝不是游戏。它是什么不重要，它怎么表达、表达了什么是我们要小心注意的。

19
但我们仍要学会忽视。省略掉你不理解的部分，省略掉你厌恶的部分，省略掉你无反应的部分，剩下的就是你的正见。

20
引向思考，引向信仰（信仰就是我相信），引向精致，引向朴素，引向力，引向……

21
我们能说的不多，但实际上，你们要听的也不多。

2008

图书在版编目（CIP）数据

刺点 / 孙磊著 . —济南 : 山东文艺出版社，2016.4
（身份共同体·70后作家大系 / 孟繁华 , 张清华主编）
ISBN 978-7-5329-5187-1

Ⅰ . ①刺… Ⅱ . ①孙… Ⅲ . ①诗集 – 中国 – 当代
Ⅳ . ① I227

中国版本图书馆CIP数据核字（2016）第036425号

刺　点

孙　磊　著

主管部门	山东出版传媒股份有限公司
出版发行	山东文艺出版社
社　　址	山东省济南市英雄山路189号
邮　　编	250002
网　　址	www.sdwypress.com
读者服务	0531-82098776（总编室）
	0531-82098775（市场营销部）
电子邮箱	sdwy@sdpress.com.cn
印　　刷	山东德州新华印务有限责任公司
开　　本	620毫米×1000毫米　1/16
印　　张	10
字　　数	100千
版　　次	2016年4月第1版
印　　次	2019年5月第2次印刷
书　　号	ISBN 978-7-5329-5187-1
定　　价	25.00元

版权专有，侵权必究。如有图书质量问题，请与出版社联系调换。